花间集

许之格——著

天津出版传媒集团

百花文艺出版社

图书在版编目（ＣＩＰ）数据

花间集 / 许之格著 . -- 天津 : 百花文艺出版社，
2024. 6. -- (中国好诗歌). -- ISBN 978-7-5306
-8847-2

Ⅰ . I227

中国国家版本馆 CIP 数据核字第 2024FF4221 号

花间集
HUA JIAN JI

许之格　著

出 版 人 : 薛印胜
责任编辑 : 张　雪
封面设计 : 鸿儒文轩・末末美书
出版发行 : 百花文艺出版社
地址 : 天津市和平区西康路 35 号　　邮编 : 300051
电话传真 : +86-22-23332651（发行部）
　　　　　+86-22-23332656（总编室）
　　　　　+86-22-23332478（邮购部）
网址 : http://www.baihuawenyi.com
印刷 : 三河市华东印刷有限公司
开本 : 880 毫米×1230 毫米　1/32
字数 : 157 千字
印张 : 8
版次 : 2024 年 6 月第 1 版
印次 : 2024 年 6 月第 1 次印刷
定价 : 68.00 元

花间的诗人

龚学敏 *

看到许之格的《花间集》，一个恍惚，想起后蜀人赵崇祚所编纂的词集《花间集》。赵崇祚收入《花间集》的作品，一定程度上集中体现了中国古代早期文人的词在男女情感、风物人情、审美情趣等方面取得的艺术成就。而安徽青年诗人许之格也把自己的诗集取名《花间集》，虽是同名，新旧不同体，这倒使人有了一探究竟的想法。

后蜀的"花间"以花喻美人，所谓花间其实是"美人间"；而许之格的"花间"则回归了花的本义，作为花店店主，"花间"是她的日常。在回归本义之后，这一字词也洗去脂粉之气，重新找回原初的纯净。花若有知，大概是要感谢这么一位守着它们的青年诗人。

许之格是爱花之人，她不仅以花做诗集的题名，其中的每一

* 龚学敏，《星星》诗刊杂志社社长，四川省作协副主席，中国诗歌学会副会长。

章节也都以花为名，"花戏楼""花外音""花之约""花间集""太阳花"，花的意象更是散落在字里行间，俯仰皆是。整部诗集，也如同一朵打开的花般，自然、清新、美丽。需要注意的是，一方面，她将花这一意象从传统的和美人的"绑定"中解救出来，另一方面，她笔下众多的"花"，却也并不仅仅指向现实中的花，尽管现实中的花也是好的，是纯粹的美、纯粹的善。但是，花这一意象本身并不新鲜，但凡诗人都曾写过，无论古体诗还是近体诗，花都是诗的常客。如此普遍的花，何以能进入这部诗集中，并在结构上成为托举起它的支点？细细读来，在许之格的笔下，花并不只是作为被观赏的客体呈现，而是一种精神的向度，一种与诗歌息息相关的客观对应物。在这个意义上，我们可以说，许之格笔下的花，就是属于许之格独一份的。

这首先体现在诗人对花园的定义上，"我渴望拥有自己的花园／在荒无人烟的地方，可辨认方向"（《我是有大海的人》），花园之所以吸引诗人，不在于春华秋实的实用性，或是流连戏蝶的娱乐性，而是作为荒芜世界中的坐标，可为她指引方向的引导性，是栖息之地。人应当诗意地栖居在大地之上，诗歌，不也正是在寻找精神的栖居地吗？花与诗，在此产生了共鸣。花是一种指引，一朵桃花，也可以是诗人的心之所向，"林芝桃花开得最宁静／雪花一样的花朵，高冷，孤绝／像天空的信仰，五彩的经幡"（《林芝的桃花，是我向往雪山的理由》）。桃花多长于中国的乡间田垄，本是世俗味十足的花，"桃之夭夭，灼灼其华"更是奠定了桃花在中国古诗中妩媚的风貌。在许之格的笔下，桃花一洗总是与情爱攀扯的姿态，变得如雪花一般孤绝且圣洁，并如同信仰。这既是诗歌对日常的再生，也是许之格对桃花的再生。

诗人寻找着世间的花朵，哪怕是在沙漠这种与花毫不相干的地方，她也在寻找开花的植物，"我喜欢聆听／沿途的山岭、荒丘／和我经过的每一片沙漠里开花的植物"（《赞歌》）。在沙漠中发现花朵，也即在贫瘠中发现丰盈，诗人从日常生活中发现被击中的瞬间，那一瞬间绚烂如花。到此，我们可以发现"花间"一词，所描述的不只是诗人的现实生存状态，亦是她为诗歌所环绕着的精神生活。正如她在另一首诗中所写的那样，"我经常倚在窗前／望着窗外盛开的各种花树／开花和不结果的，我都喜欢／我的小心脏时常被一句情话／击中要害"（《没有一堵墙是透风的》）。诗意的瞬间伴随着她，并为她的笔所记录，记录的文字，也就成了这一本诗集。诗歌忠实于她，而她忠实于生活。

她的诗属于"清水出芙蓉，天然去雕饰"一类，风格更为清新。许之格的诗好就好在真。这种真是与诗的灵性，紧密地联系在一起的，是一种未被抽象概念侵犯的纯净品质；其想象是单纯的，有着孩子般的童真。譬如说，在《雨夜》一诗中，她写"乌云在天上追着自己的影子／月亮躲在黑夜里越来越小""突然发现，我是多么喜欢飘荡／像那些空心的草籽"（《雨夜》）。她如同赤子般看着这个世界，说，这是如何如何。这种描述是简单的，但要跳出功利主义的评判，跳出陈词滥调，去简单地描述世界，这又是困难的。她也并不关心宏大叙事，而是注目于一些细小的东西，譬如一朵花，是如何进入梦中，再譬如一只小喜鹊的去处："其实，他早已不再关心时间 / 与衰老的过程 / 他只关心一只小喜鹊的去处 / 它的巢在哪里"（《卷首语》）。对身边的小事物的关心，是许之格赤子之心的体现，她并不装腔作势，故弄玄虚，而是真诚地爱着这个世界，诗意地栖居。

许之格写诗，往往能在日常中发掘出细节，并且将之诗化。这样的一个人，纯良，本真，她的生活应当是为花朵所环绕的，也应当是为诗歌所环绕的。

2023 年 9 月 30 日于成都

目录
Contents

第二辑　花外音

第四辑　花间集

第五辑　太阳花

落花转折无痕，看戏的人
却成了戏中人

徽州往事

旧的前半生
屋檐，残壁，长满青苔的皮肤
内心
被徽白色的絮填满

一堵墨石垒就的高墙
坑洼的青石路直刺
——紧闭的大门，故事封存

我只是偷偷往门缝间看了一眼
光
刺了我的眼睛
直
想
流泪

一场雪

从花店，看飘扬的雪
它从天外，落在门外的寒枝上
又飞到我的花房
湿漉漉的
自上而下沉浮

此时，上苍的恩泽多于雨露
那些隐于光阴深处的一草一芥
和雪一起，萃取光芒
在人间痛哭

淮上古镇

就爱朝霞从淮河上笼罩的光芒
和岸上长短不一的叫卖声

"七十二水通正阳"

锈蚀的渡口，碧波浩瀚，深不见底
但比起记载着水文化的字符
还是浅了一些

商贸、寺庙、寿州八景
注定要写入逶迤的历史长河

大雁来回变换着不同的队形
黑色的翅膀里闪动，复制
二十四节气的歌
清瘦的骨骼
依旧掩饰不住鼎盛时代的沉浮万千

希望在天空中，穿过粼粼的波光淮河
时间形销骨立，暴露于天下
我用脚尖触摸往事，如一介布衣
闯入虚晃的灯火阑珊处

水路，商贾，鄂君启金节
一个曾经繁荣昌盛的淮上古镇
唯有赋税制度演变至今，驿站
一张旧船票
足以封存所有安慰

我与夏天的影子

我有四个影子
四季才有了风花雪月
夏天的影子，比风还要高
月上柳梢之时
影子就会长出羽毛，做回自己

蚂蚱也有影子，经常在暗处
发出摩擦地面的声音
用绿色的光，唤醒我

一天在影子里结束
一天即将在影子里来临

南有嘉木

江南和楚地的距离，其实
就隔着一场雨
北方的炎热在这里得到缓解
脚下的泥土，湿润，夯实而柔软
雨是这里的符号

"南方有嘉木"
青苔巷陌，如繁华再现
烟雨轻弹的黄昏，隐藏静宜的喜悦
古朴的村落，像意象中的繁体字
被纷扰的世情填满

夜晚有梦
很多人在造一栋房子
潜伏在湿地的蝴蝶
穿过江南的碧水，辨认
——来自故乡的亲人

延福寺

延福寺，延福事
所以，我多烧了一炷香
还多拜了几尊菩萨

木质的建筑，弓形的月梁
透出慈悲，
佛光普照的世界。
为何触动光阴的残骸，以及
脱离尘世的魂魄？

沿着斑驳、幽闭的青石板路
我提前告退
唯恐菩萨看见我的不安

镇澜桥

在石桥上，读她的人间四月天：
"笑响点亮了四面风；轻灵在春的光艳中交舞着变"

雨中，人影晃动，藤蔓舞风
一只燕子迷失在空中
呢喃着江南的静谧

香炉里悬浮的烟雾
恰似一支优美的恋曲
雨，清洗镇澜桥
走过的人
渴望在这里蜕变

我是有大海的人

我渴望拥有自己的花园
在荒无人烟的地方，可辨认方向

故乡是个狭小的乡愁，平实无华
很多人默默耕耘了一生
却走不出花瓣一样的地图

而我，像一个逆子
纵身跃入尘世，浮尘似的
寻找大海一样的港湾，在深渊
制造泡沫

心怀大海的人，将半生的回忆
都留在了海岸线

东津晓月

水鸟栖身之地
荷田莲莲
我仿佛找到一份隐于闹市的清欢
所有的颜色朦胧如纱

远处宾阳门的灯光如明镜高悬
夏日夜晚
晃荡着数不清的影子
我给每一朵待放的莲花起名
小红、小云、小霞、小燕子
月圆之时，一起返乡

顺河古渡

像一只搁浅的小船
用一生
去追寻远方的地平线
等待乘风破浪，等待回归大海

穿越干涸的河床
一条河高过一条河的分水岭
长出翅膀，往天上飞

我和一群蝴蝶在渡口惜别
此处没有梁兄，没有楼台
风从彼岸吹来，云很生动

而古渡宋河，早已截取我体内
闪烁的乡愁
沿着弯弯的小路，在跌宕起伏的土地上
生根，发芽

这个五月，我看见明亮的事物
被春天托起，抱团怒放

大河湾叙事

"有水的地方就有了灵气"
遥望倾斜的大河湾，水经之处
长满了方言

那一瞬间
我仿佛看见我的父辈们
怀抱铁锤，站在风浪之中
北方的身影，开成芦花
遍布十里长堤

听惯水声的我
与大河湾是那么的相似
几朵漂浮的蒲公英，不知去了何处
心底的万千思绪
同样，被一条河汊分流

庄稼人

这么多年，他始终保持一个姿势
用铁的手掌，一笔一画
播下的种子
结出他的姓氏

锄头敲打泥土的节奏声
像一个虚词，向低垂的秋风
告白。隐入烟尘
成为大地上，最端正的一笔

花戏楼

我把谯城看成，一个
富丽堂皇的戏台

生、旦、净、末、丑
水袖击打着空气
颇有仙风道骨之姿

我的奶奶每次看戏
都是一把鼻涕，一把眼泪
她看到哭戏，就用手帕捂住脸

落花转折无痕，看戏的人
却成了戏中人

余音依旧绕梁
演戏和看戏的人都已不在

麻雀成了戏台上
最后的舞者

剧 本

人物、时间、地点，顺着思绪
回到了从前
田里的庄稼等待着收割，一群麻雀从树上
飞上，飞下
母亲在打谷场忙碌的身影，风一样
起起落落
成为我脑海里的永恒

盛夏的枝头，传出沙沙的念经声
多雨的季节，并没有雨水
每一滴雨，都寄存着丰收的憧憬

在空荡的田野，树木高出了村庄
花朵开在月亮上，杂草丛生的小路
几只小花猫与黑狗在扯打中

我在寻找他们相爱过的痕迹

那时花开

有月亮的晚上
我就躲在花椒树丛中
等着天上人间鹊桥会

村里到处是嘈杂声
祖母身边围满了听故事的人
笑声伴着虫鸣，此起彼伏

在一棵花椒树下
我画下了一个圆
"但愿人长久，千里共婵娟"

一滴珍珠落在月亮里
沾染了肉眼无法看见的尘埃
那时，花开得分外妖娆

城南的麦子

春天，被一场疫情沦陷
但是并不能阻挡麦子的生长

一颗草木之心
孕育着孤独的锋芒
填补，虚空
承载一世的守旧

千里之外
担惊受怕的故乡人
空心，无道
并不是春天的错

做一棵城南的麦子
放下执念，追着风
用一身清白，试探人间

在大顺，一群蝴蝶为我们带路

初来乍到，依旧不谙世事
一路上勾勒想象着大顺的风土人情
内心的幻想被热烈的阳光点燃
留白处，是一条通往远方的小路
一步、一步，犹如攀登，又如隐退

在大井水库，一群蝴蝶为我们带路
这些来自故乡的蝴蝶
它们有着和我相同的情感
时而高飞，时而翻转，在一片蒹葭的天空下
练习发声，歌唱，吐露心声

突然，我想回到这片荒芜之地
回到它们中间，落户于此

我们用最美的图像和优美的文字歌颂

小满。呈现出一种不言而喻的欢畅
长钩垂钓，绿色湖畔
事物无限重复着美丽的乡村

淀塘交错的田野是大顺的经络
注满大顺人不屈不挠的坚定信念

他们扶犁，他们晒谷
他们制造骇浪，他们自营幸福，他们
在一片哗然的世界里寻找
专属自己的田园长歌

在乡下，被岁月揭去的扉页都是昨天
千姿百态的花草都还醒着
多少年来，虬枝纵横，睡姿不变
它们相亲相爱，它们在自己的土地上
生生不息

我们一路行走，用最美的图像和优美的文字

——歌颂

沿着麦浪翻滚的田野

举着五月的鲜花

此时，我满腹的心事如麦芒

瞬间变得坚硬

我忽然怀念百鸟熟稔的歌声

聆听。大地丰收的喜悦

以及万物生长的应和

仿佛无边的宽阔和辽远就拥抱着我

拥抱这片深沉的土地

草木有了庇荫之志

说到诗，自然而然会提起你
说到珍珠泉，就会听见
四溅的水声，为长途跋涉的亲人
濯洗风尘

木叶昭告天下
草木有了庇荫之志
祛除疾苦，和大疫

常年漂泊的人
亦不惧乡愁蚀骨
怀抱诞生那一日的啼哭

刀尖上的江湖

说到江湖，就想为您
把山放平，把门前护城河
用您的乡愁填满

诗魂里长出燕子的翅膀
让潜入您身体的孤独与卑微
化成清风明月刀
纵然遍体鳞伤，衣衫褴褛
依然仗剑天涯，吟诗高歌

回乡的路并不远
您，辗转奔波，一生跋涉
渴望与家人团聚，厌倦漂泊
寻求安身立命
却搭不上故乡的最后一辆高铁

乡愁，是别在游子腰间
一把锋利的刀

秋天的故乡

在从前
风很淡，云可以触摸
成群结队的白色的天鹅在阳光下尖叫

在金色的田埂上
我撒下金黄色稻谷一样的诗行

往事，如小河流水
汇集着故乡的悲欢离合
一些故事，渐行渐远
可我，依然如少年归来

云水谣

水车，按下暂停
云慢慢掀起
浮出水面的风声和
胭脂色的花瓣

无可追溯的流水，比日子
还要久远
由南向北，把时光
拦截为两段

遥想从前的时光
车马慢，书信远
一生只一个痴情女子，定格成
剧中的虚拟
紧贴石头上的碑文

我承认，我爱着远方

想起远方的三月
我决定，背负日月
涉水而去
然而，孤独比这个旅途更长
在人群中离开
就悄悄地生长

春天，我不会为落花流水而悲哀
我还有那么多的风景需要收藏
云淡，风轻
鸟语，花香

我还想呀，如何把很多的山
和草原一样的风景折叠起来
让我的行囊里，江山辽阔

我承认，我爱着远方

还有，那些

至死也不肯交出的誓言

消失的村庄

那天

我怀揣一身往事，路过此地

赵家台子

一个依在墙头上的红柿子

是我

寂寥、倔强的苦楝树

是我

一片风沙扬起的落叶

是我

和消失在屋前屋后的家长里短

都是我

那天，我让花朵缩进了一场落满白霜的旧梦里

三两颗带有种子的花瓣落在院墙上

一只蜜蜂，倒挂枝头

落霞里，那个怀抱乡愁

离家出走的游子

也是我

祖　母

屋内，裹着小脚的祖母

颤巍巍

点燃窗台上的油灯

她看火苗的眼睛

逐渐变亮

像窗前

一朵盛开的牡丹花

她的微笑，比蒙娜丽莎还要古老

秋风落

呼吸，连同这深秋的山峦
一会儿金色，一会儿白色
秋风吹过，像久战不败的士兵
猎猎作响
让我长成一棵草吧
赤、橙、黄、绿、青、蓝、紫
都可以
每一粒燃烧的种子
都是秋天的证词

流　苏

扬在眉梢的笑
是春天衍生的无限
在河堤上荡漾

裙裾，流动着三月的斑斓
越过枝头的蝴蝶
轻点少女额前，散落
草青色的流苏
将自己困在一片沉香中

绽　裂

风，像一只诡异的眼睛
推开虚掩的柴门
是谁忘记关闭
长满皱纹的窗，绽裂
那一刻
你刚好站在桂花树下
身上落满了花瓣和霜

蒲 团

静坐蒲团
不拒绝来自万物的声响
即便西风飕飕

今生，我是故乡的一位修行者
苦读世俗的经书
静坐时，秋月替代春华
内心宁静，擦拭时光

待蒲草拂过河堤
山谷悄然打开，将清幽
向尘世，无限延伸

端午帖

包粽子，插艾草，划龙舟
一个以诗为引的节日

我不懂诗，就像我不懂你
但是在很多时候
又像抓住一根稻草
努力的，不让自己被浊浪淹死

我把安丰塘和瓦埠湖都看成是汨罗江
把苇叶裹糯米看成美人蕉
在艾草与麦芒间
汲取幽香
连同那五月的雄黄酒
一起供你啜饮

一种特殊的纪念

像是一句很轻的方言

落地，有瓦碎之音

灾区女孩

好奇、胆怯
很多送温暖的人
让她似乎已经忘记洪水带来的恐慌

橘色的帐篷
捧着一朵羞怯的花
等太阳升起来
等洪水落下去
等白天鹅飞回来

她在等，一个迷路的邮差
摇来外婆家的船

淬 火

他对着燃烧的炉火
挥舞着强有力的臂膀
铁锤落下的瞬间，灰烬
如花朵四溅

柔软的方言里
长满了土豆、玉米、南瓜，
镰刀、锄头、犁耙

我喜欢看铁锤和阳光碰撞后的淬火
这是我骨髓里流淌的信仰
它是爷爷留给子孙后代的
一颗红色的匠心

在没有明晰之前

黄昏，在河边，听水声
偶尔，还会有大鱼跃出水面
我的内心
时而，泛起一阵阵涟漪

时而，随着鱼群，潜入水底
浮起。
看到，瀑布的上方最高山脉
天空是一张巨网
大雾、沙砾聚拢过来

没有明晰之前
我模拟过，河水流出的方向
在浅浅的河湾

修　行

他躬下去的身子，让一座山
加重了禅意
生命的海拔，托举着
体内的落日黄昏

塔尔寺清澈的风声
缩短我与每一座山的距离
寂静，让我心似莲花

朝圣的路上，多少次的
匍匐祈祷
才能让虚幻、空荡的尘世
饱满

陂陀之地

第一层看天空，第二层
看草原上吃草的羊群

牧羊的少年，手持羊鞭
他虔诚的样子像是朝圣的信徒
让寂静的草原，接近
每一个日暮与晨曦

我在陂陀之路，等一场雨
清洗
装满尘垢的肉身

圐 圙 *

四面八方
没有门，没有窗
像是一张熟悉的地图上
布满老年斑

来到尘世
我并不知道，人间有很多的秘密
带着梦想四处游荡

织网，纺纱
编织各种条条框框
让日子纵横交错
远方，像圐圙

---

* 读作 kū lüè，蒙古语指围起来的草场，也泛指围起来的一块地方。

谏 言

捧出河流，收集雨滴
我有那么多想说的话
送给在雨中奔跑的人

许多故事还没来得及描述
落日与天涯便共同组成一枚词语

此刻，我亲历荒野寒风
聆听人世这滔滔的流水声

在一壶酒里盛开

后来
思维就进入五度空间
天地之间，只听见黄河汹涌
很多来历不明的蝴蝶
在月色中飞进窗户

思念一个人，就能听到羞涩的心跳
敲击着酒樽
饮下最后一杯，你就过了美人关
和一个叫桃花的妹妹
在一壶酒里盛开

潜藏水下的鱼

一种声音，从海底深处发出
呼啸，向堤岸蔓延
垂钓者依旧躺在石头上做梦

他梦见台风、地震、海滩
有人倒下去、有人爬起来
海滩上搁浅的大鱼，在等
一个摆渡者

海水清澈得像一面镜子
潜藏在海底的鱼群
不停地在水底制造泡沫

空　场

我要说的空场
是老家村后长满芨芨草的打麦场
空荡荡的春风四处摇曳
仿佛在等久不归乡的人

二蛋他奶依旧坐在村前的槐树下
她对每一个过路的人说
二蛋他爹回来了
她一直在等，像一尊雕塑

西北风摇曳的落叶
在为远去的人招魂

鸽子谣

衔起一叶麦芒
在云端上盘旋
梦想是青褐色的雨巷
像鸽子一样的人生
要背负多少阳光雨露
才能长出翅膀

一只向往星辰的鸽子
沉迷在巨大的空旷中
羽翼渐丰
却从未在蓝天下展翅

第二辑

花外音

我将每一朵康乃馨包扎成亲情
余香弥漫着我的花房

忆雪松老师

老师，您走之后
我至今才写出一首诗
那天整理您的诗稿
正好是《惊蛰》

老师，春天已经来了
草木葳蕤的八公山
梨花开成一片空荡荡的白云
如果您活着该有多好
这个春天
我们爷俩一起写诗，走淮河
您还把我当作您的亲人
老师
牧村表哥今天去了武汉
他说亲自去接您
——回家
至此，您的乡愁不再流浪

矮下去的乡愁

他，揣着最后一丝乡愁
行走在赵台村
用积攒了一生的语言默默凭吊
红瓦，白墙，断壁，残垣

风在淮河的拐弯处分离
关于赵台，许台
将与时间的长河落日一起流亡

此刻，我在淮河边
听风低吟
偶尔的鸡犬声，总是让听到的人
泪流满面

他在空了的土屋前不停地转悠
将多年漂泊的心
睡在里面

就像多年前他离开家时的模样

他迎风而立的样子
让我找到了人世间苍老的理由
他的沉疴，已无药可治
唯有，矮下去的乡愁

一粒尘埃

转眼，就走进五月的盛夏
您坟墓前的麦子黄了
可我的脑海里
依旧是您离家出走的脚步
空荡荡的春风四处摇曳
寻找归属

门前的枣花开了一树
风里弥漫着香樟树的味道
读着您曾经写下的诗句
"村前屋后，一拨又一拨的脚步
来去如风"……

手里的鲜花
随我的悲伤低垂
老师，请接受我再一次地
凭吊、鞠躬……

守 望

弯曲的背影如磐石
穿越光阴的隧道
坚守，无奈，枯萎
这些轻飘、摇曳的词语
抱紧体内的温度
与夕阳相依

面对故乡
你无法用一杯烈酒来遗忘

我用秋霜临摹
给天涯海角发去两封信
一封写着，树欲静，而风不止
一封写着慈母吟

旧 账

每一次说起陈年旧账
父亲就拿起算盘
仿佛，打开了陈芝麻烂谷子的粮仓
个、十、百、千、万
然后又说：忠厚传家宝

父亲是一名老会计师
他算过一个村子里的贫穷与生死
为公，为平
却，从未算错过自己
清白的一生

给父亲

父亲，我是您在黄土地里
种下的草，种下的花
只要生命还有一丝儿绿
就会继续生长

父亲，我是您身上流淌的一条河流
散漫着的浪花如歌
只要河床尚未干涸
我就会尽力奔腾

父亲，记得我出阁的那一天
你拍着我肩膀说，别哭
爸爸在呢，那时
我一身红妆，拥抱一世繁华

父亲，您告诉过我
宽容、善良是与生活最好的和解

父亲，其实您不用担心
人生太多坎与坡我都爬过
你看啊，很多漂亮的花都是开在低谷
当我走出峡谷时，不仅长出一身苍劲的枝干
还有蚂蚁的骨骼

父亲，时隔多年
我拍拍您的肩膀，重温旧时的画面
您的幸福是满头白发
开成了故乡门前的十里稻花

灶台前的母亲

学着母亲的样子
把日子铺平
切碎、搅拌、油炸
用爱为儿子
亲手熬制着四季平安

膛火映红的脸庞
填满了记忆
手持烧火棒的女人
像一幅油画
被定格在时光的墙壁上

我相信，没有任何美食
可以比母亲做的饭菜
更有人间烟火味

母 亲

我将每一朵康乃馨包扎成亲情

馨香弥漫着我的花房

妈妈，给您的花一直开在我的心上

很静，很美

您一声咳嗽，丫头

我便弯下腰

衔起一朵红

——给您

病床上的母亲

草屋前，柿子树红彤彤的一片
秋风很慢
很多喜鹊在枝头上来回穿梭
打谷场上飞扬着收获的喜悦
淘气的我们来回追赶着

我对着昏睡的母亲，描述着
故乡那些美好的时光
仿佛，鸡犬欢跳
秋风掀起了她的草帽子

母亲已经忘记白日昼夜交替
她不知道，秋天在她松弛的眼睑上
结满了薄薄的秋霜

"老许，我们回家吧"
呻吟，像是天使降落的声音

识

母亲孩子似的目光四处张望
然后，努力地分辨着白天黑夜
还问我是谁家的孩子

母亲是基督教徒
嘴里经常念叨："感谢我的主
我的上帝"

她在安医，见到每一个穿白大褂的人
就拉住他们的手："我的医生
我的亲人"
而她，却不认识我

母亲睡着的样子像一朵花

她经常提及往事
偶尔还会流露少女般的羞涩
像开在床头的百合花

记忆的钟声来回摆动
像娘微弱的呼吸在病房中荡漾
抖动的眼睑
仿佛被窗外晚霞点燃

"我们坐在高高的谷堆旁边
听妈妈讲那过去的故事"
我小声地哼着
星星睡了，娘也睡了
她睡着的样子
更像其中的一朵

2020.9.22.

累　了

母亲好像累了
就连呼吸也是
昏迷中她不停地抓自己的脖子
我取下她脖子上的金项链
在她眼前晃荡着
母亲微微摆了摆手
仿佛，放下身上的所有

母亲走了

庚子年十一月十日晚上八点三十二分
母亲走了
这一年的冬至
她没能走过七十三岁的这道坎

一生善良的母亲
见到晚辈总是以"我的孩子"相称
我每一次给病床上的母亲翻身、喂饭时
好多次，我也想这么喊

庄重神谕的秋天
树叶开始挣落母体
阴雨绵绵的天地之间
像是举世的悲伤

小　雪

娘，您走后不久即是"小雪"
八公山下风声悲怆，草木战栗
到处都是黄叶坠落碰撞时
发出的寂静声

我不知道该如何存留这人间的绝唱

小雪之时，我特别想念
娘絮絮叨叨，雪
一样的挂念

娘，我只有想您才写诗

站在您的墓前
弟弟泣不成声
虽然您离开我们已经七十三天了
每一次来看您，还是忍不住地流泪

总以为时光慢慢来
日子还会很长
然后生命的脆弱太让人无奈

八公山下，阳光普照
碑前，那些盛开的菊花
紧紧地靠在一起
像是母亲温暖的怀抱

娘，我只有想您的时候才写诗

重现的镜子

油菜花开时
娘站在田埂上
她笑眯眯地看着每一朵花
都像她顽皮的女儿在玩耍

娘一生爱花，一个"菊"字
让她阅尽无数的风霜
她缝补过的日子，比旧日历多

油菜花又开了
我站在花丛中
却分辨不出哪一朵是我娘

秋天的风景

打谷场上
母亲的身影像成熟了的庄稼
和着孩子们的嬉笑打闹声
与秋风一起往下坠

想起母亲
一个大字不识几个的女人
她肩头扛起秋天的模样
堪比油画里任何一个虚幻的女神

秋天的诉说

昨晚，梦到我娘一身素衣
在结满葡萄的古藤下念经
秋风沙沙、果香阵阵
娘不识字，她念的无非是
感谢主
保佑她的子女四季平安
却唯独不说她自己

我对着菊花一样的母亲
诉说人间恩泽，秋天辽阔
还有洪水和一些流失的村庄

我把故乡的秋天
说得像天堂一样
而这也是娘的口头禅

娘深情地看着

再没说一句话

故乡的梨花

燕子衔泥归来
母亲，想你的时候
梨花忽然就开了

这些开在南唐的梨花
像是谁头戴凤冠，披着霓裳
一路烟花飞雨，摇曳着春天向我走来

我与每一朵花对视时
像是故交。从容，坦然，扶着春风
高出故乡的地平线

一片雪白，栖落在我的肩上
翻腾着微小的波纹
而，落在心里的梨花
那深刻唯一的白，比雪还要白

四顶山下，淝水浩荡
那么小的花瓣，翻过沟壑飘过山梁
面对凋谢与分离
托举，安放的这个春天
在风雨中展现蓬勃

霜叶红了

叶子燃烧时
我刚好经过那里
一片，一片镀金的小院

那晚，一只小花猫
叼走了奶奶的绣花鞋
那晚的月亮，再也没有回来

我暗暗惊叹
一片带有裂痕的红叶
挡住直射过来的光

救　赎

在我忏悔祈祷时
不知道各路生灵可会听见
自从踏入江湖
我也是守着万物与慈悲
招揽人心

或许，我注定修不成正果
内心的白雪在木鱼敲打声中
覆盖山岭
拿什么来救赎我的焦虑与不安？

祈祷——
不仅要保佑好人一生平安
还要保佑他，走路避邪

喊 山

落日，余晖，西风，古道

芦荻潇潇

此时需要一首什么样的歌来助兴

对了，必须是高调的

可以让我肆无忌惮地

大声呐喊

我气血淤积，喉咙里

堆积了太多的埋怨与不堪

沿着山路，丘陵

像音符般的起伏跌宕

一步，一步的释放

我喊山时，如秋蝉般

声嘶力竭

天籁之交响在山涧升起

天空中飞翔的不只是鹰

还有挣扎的秋风

秋风从田野里吹过

秋风从田野里吹过
一个乳名又被重新提起
独木桥，草房子，小南瓜
扁豆花，偏西的夕阳
那些生动，潮湿鲜艳的温暖
和一些乡邻之间不能诠释的情怨

让这些纯粹的欢喧打开经络
在血液中缓缓地流
我附身于草丛中，大声对着它们
说爱

花外音

满屋的康乃馨，暗香与记忆

交融在一起

在我的指尖上缓缓地流淌

有一种无处安放的情感

在腾格里沙漠

我第一次用双脚，感受
沙漠的温度
烙伤的皮肤上，无数个细胞
传递，释放，寂寞的焦灼

这是我梦中的楼兰
在凹凸起伏的沙丘上，邂逅天涯
邂逅最初的人性

千年丝绸之路
仍有丛林、绿洲、世外桃源

而我的心是一粒粒燃烧的沙
在人间，我生如沙漠中的草芥
我爱凌绝顶，也爱众山小

苍天般的阿拉善

车过贺兰山

风过旷野，像一首被放逐的歌

回响在嶙峋无边的戈壁

脑海里浮现的是英勇的戍边战士

历经多少风霜与九死一生

悄然成就星辉灿烂的民族

春风在巴丹吉林、腾格里沙漠外环绕

黄天厚土，庇佑一方人

一座山又一座山穿过视线

触碰我柔软的心肠

而众多的石头

依旧保持坚定无声

不容我喷涌的眼泪落下

苍天般的阿拉善

是蹉跎岁月里一杯豪情的酒

让一个外乡人彻夜未眠

回　响

雨，好像和我从一个方向降落
与空旷无声的草原告白
我干涸的喉咙，喊出一朵花

我爱你褐色的土地上
那些在时光交错中，挣扎的石头

我爱你草原上的芨芨草
戈壁上升起的云朵，飞翔的羽翼

我爱这里
每一个细小的事物，沙一样
——赤诚的心

第三辑

花之约

你依然穿着褪色的碎花裙
修剪完一堆长满刺芒的花枝
才缓缓起身

六　月

六月的故乡
总是一片绿波荡漾
那绿草覆盖的田野
像祖母留下的长衫
高过都市的繁华又低于故乡的辽阔

年　轮

山那边，他被山封锁
雾霭闪烁。来自天空的雨
落在湖面上结冰

在黄昏
他如一道年轮，端坐在磐石上
凝望着天空
然而，月亮已经升起
他还是，不肯
下山

等待一场雪

楼下的梅花开了又谢
清瘦的腰肢
悬起一轮冷月

青花梅瓶也逐日消瘦，默念
篱笆旁红装傲骨的女子
开满绝世的容颜

雪，来与不来
我已备齐纸砚
说一场踏雪寻梅的童话

想你扑面而来的纷纷扬扬
在一树梅花里变幻的颜色
一朵朵，一片片
凌风飞舞
且行且远

我路过的黄昏

我年少时酷爱武功
很小就学会磨刀
跟在大人后面起早贪黑
剪草，剪风，剪云朵

我走过的地方
到处都可以嗅到尘世的汗水
和泥土发出的味道
我路过的黄昏和晨曦
都是翠绿色的

花之约

第一次相逢
为何你总是躲在人群之后
你一直不说话，试图
用沉默，来掩饰内心的脆弱

时光，是一枚卷曲了的书签
仿佛又回到最初的相遇

你依然穿着褪色的碎花裙
修剪完一堆长满刺芒的花枝
才缓缓起身

掌心上绽开的玫瑰
这是唯一的一次绽放

莲花 "落"

有些花在含苞欲放
有些花已经开了
有些花已尽落了
观荷的人，不时地惊起一池碧水
一波一波的，落在木栈桥上
如同无数朵莲花 "落"

我双手接住这飞来水珠
像一朵开在浊世的莲
又轻轻地
撒向天空

渡　口

除了水草，四处都是芦苇荡来的风
我混匿于人群
陷入身后这一片蒹葭之中

鱼群在身边游过
麻雀从天空飞过
蝉声就在这时候也响起了
我伸出双手
小心翼翼地接住
一个轻轻落地的灵魂

在一片温暖的水域中读你
读你，读过的一句诗句
渡你，渡过的一个渡口
等你，经过的一缕西风

春天的光环

我生命之花
打开十月的翅膀

生命展开的天空之旅
让春天，有了波澜神韵的胸怀
诸多的美好，陷进
虚构的意境中

一片桃花构建的宫殿
在我的心里，成为高原上
春天的光环

此时，只有月光最懂我

双手接过，一杯迎宾的下马酒
今天，我就是草原的女神
每一棵草，每一朵花
都由我来疼爱

我是大风中吹散的格桑花
我爱你，就像爱着
我的故乡

此时，只有月光最懂我
我尽量克制内心的小惊喜
却又忍不住尖叫
或一语不发

草原很美，
释放着毒

波罗蜜

田埂上飞来几只小燕子
它们叽叽喳喳地唱着
"波罗波罗蜜"
我很懊恼，居然听不懂故乡的方言

舅妈提着竹筐在园子翻来覆去地
寻找熟透了的果实
她苍老的背影如此生动
身后的庄稼一片生机勃勃

偶尔有几只白鹤落下
它们不远不近望着我
喉咙里发出低沉的
咯咯

涉水的喜鹊

我走一步，它走一步
我停下来，它也停下来
在雨中，一只喜鹊替我探路

如果有一片晴朗的天空
我愿意，把这雨水
回收进我的眼里

玫瑰情人

他挑了一枝玫瑰
小心翼翼地揣在怀里

他苍老的背影
点燃我愈发沉重的俗念
我用 360 度的姿势
给每一棵即将打苞的玫瑰添加营养
叮嘱与暗示，并密谋
下一个情人

我不急于让它们花开，我有足够的时间
浇灌，供养
绽放的红，盖过世间所有的颜色

仲夏之光

鞋子湿了，露水
往外渗
我对路过的草芥俯首
是谁透露我早起的消息

大雾磅礴的清晨，闪动着记忆的歌谣
虫鸣此起彼伏，是谁透露了仲夏的风声
我爱稻花丛里的蛙鸣

亲爱的，谁告诉你的
我爱八千里路云和月

芳　华

落日，正彷徨不安
收拢着每一寸光

低处向上
我的眼界有些狭隘
原谅我不能容纳
生活的疼痛和波澜

当我像一片落叶，飘落
绽放之时
其实，我和你一样
也多的是不舍与忧伤

原谅我，卸去芳华之后
爱上生命中，这些细微的
颓废之美

葬 礼

唢呐合奏着狂野的风声
和着西去的烟云，消失在云端

落叶像他的人生
转瞬即逝的美
像是很多，又像什么都没有

脚掌与石头碰撞出的火花
每一步都让人驻足，战栗
他太小了，像一个被捆绑的稻草人
更像是故乡的偏旁
迈不出这一片黑白色的僻壤

不像我，跟着风移动
等待着异地的冬天
一场雪崩

空白的地址

最后的思念
也只能为你写一首诗
我却始终不知道
如何起笔，落款

昨晚的老街
我是唯一和下弦月对话的人
有一扇窗，虚掩着
始终，没有去捅破那层纸

从南向北，你没有固定的地址
你路过的地方
到处是故知与鲜花

而我无法寄出的信件
雪片一样，纷纷
留白

花店里的一天

一

顾客是位中年大哥
他面部憔悴，眼里含着泪水：
"她八十多了，去年做的心肺手术
花了很多钱，也没能留住她的生命。"

"我母亲前不久也走了，她才七十三岁！"
插花，我会对着每一朵菊花哀思
试图，用我的悲伤来安慰他

二

一股春风拂面，如凤凰啼鸣
我也仿佛，一夜看尽长安花

"老婆辛苦了"

他弯腰，一笔一画地描写着
每写一个字
就抬头看一眼我手中的玫瑰
像是他曾经送给老婆的那一束

鲸 落

最后抱起你的时候
恍惚间，万物归寂

秋天来了
山上盛开着很多野菊花
鲜艳，明亮，圆满
我看见几只蝴蝶在寻找栖身之地
它们和我一样吗？还是刚好路过这里

想起你生命里的风暴和沉默
我忘记了人间的悲哀
落红不是无情物
似鲸落，供万物生

花间帖

眼前，万物被阳光炙烤
身体里流出的最后一滴眼泪
如烈焰，燃烧
而我的花草依旧旺盛地生长
弯弯绕绕，纵横交织
一片绿意葱茏

从田园小草，到金枝玉叶
它们都有一个好听的名字
绿公主、翠玉、莲花竹
就像穿上一套时髦的公主裙
由内向外伸展
偶尔，也会暴露出自己尖尖的刺芒

我乃天生一介草民
却从不忘莫逆之交
我每天给它们浇水、修枝、换盆

与它们相濡以沫

相互，攀缘

相互，活着

雁　阵

诗歌如同神谕，诗人们
从四面八方汇聚
在八公山下

那只丑小鸭抱紧身体
在秋色中憧憬，涅槃
在人间低处，唱它自己的歌

南飞的雁阵啼鸣
翎羽与天空融为一体
像极了一个漂泊的游子

玛尼堆

眼前经幡飘扬
仿佛，我是第一个
到达唐古拉山的人

学着朝圣者，双手合十
弓腰、匍匐、祈愿
一层，一层地放平
——再筑塔

也有不少和我一样
临时抱佛脚的人
献上感恩的哈达
在玛尼堆前忏悔
许愿。做一个重新的自己

拿烟斗者说

淡淡的烟草味，从楼下往上蹿
偶尔传来的咳声和烟斗的磕碰声
仿佛，他与多秋的命运互搏

老街的消失，让他患上孤独症
他经常用白玉嘴的烟杆
拍打着白色的墙壁
沉思，安静，窃笑
他像毕加索油画中《拿烟斗的男孩》
更像一匹不堪重负瘦骨嶙峋的老马

我经常望着窗外，听一首循环播放的老歌
清晨苍茫，燃烧的烟尘
绚丽如蛊。鸣鸟飞上窗台
冬至如烟，袅袅到来

一棵秧苗的背影

有过多少不眠的夜晚
稻花香里说丰年
然而，今夜
山河哭泣，大地无眠

您是一株
不善言辞的水稻，低头抬头
都散发着大地的芬芳

一粒稻子
让贫瘠的大地丰润
让人民富裕起来

鞠躬，折腰
一棵秧苗的背影
比山河还要长

追梦的女子

一棵草，如何在身上安放

光阴、鸟巢

一滴露珠

如何奔向大海去而复返

一缕清风

如何能止于安静下来和不知所踪

在太平湖

我来来回回寻找一处水源

蒹葭苍苍，白雾茫茫

做回伊人

在水中看水，在风中

听风

爱情邮局

我梦想生出海鸥的翅膀
传递八百里路云和月的内涵
让春天的梦
叩响漾动的脉搏

蔚蓝色的天空，千帆闪着白光
疑是伊人归来

暮色，延续情侣大道的尽头
等那座灯塔提起，放下
缄口处一枚清晰的邮戳恰到好处

二十一克

如果灵魂刚好二十一克
我用一克写情诗
给今生无缘的人

想到情人，我一宿没睡
我梦见很多星星包围了我
它们神秘地眨着眼睛
一朵，一朵，默默地跟着我走

上弦月挂在中间，偌大的村庄
只有我和你

虚构一场雪

窗外，风比雪还凉
许多虚构的火炉
点燃传说中一场奢靡的温暖

你想起遥远的村庄
你想起站满窗台的小鸟
你想起屋檐下，阳光也解不开的冰锥
你想起大雪封门时
柴火发出的噼里啪啦的声音

它梦见一堆燃烧的骨头
和童话里的白雪公主

你随手关上窗子
风，被挡在外面
谁也没有在意

你站在窗帘下的背影

一部分被阳光覆盖

红月光

晚上九点
送完最后一束花
才想起今晚的红月亮

站在十楼的阳台上
还是够不着
蹭蹭，上到十八层的楼顶上

风，吹过发髻
一半云里，一半雾里
再高一点，感觉来了
哦！超然，脱俗
飘飘，欲落
如，红月光
碎了一地

拈花记

一整天的时间
我都在给花儿修枝
捉虫，浇水
掌心上结满的老茧
就像骨子里开出最绚丽的一朵

我经常目睹每一朵花
从含苞待放到荼蘼败落
悄无声息
重复着人间的快乐与荒谬

我也一直沉醉于一朵玫瑰
抵达之后的美好
用残留的余香
来供养心中的小欢喜

以一朵菊的姿态

清明的雨，是来自云间的光

比起乌鸦的啼鸣

悲伤又少了很多

而内心的雪，是走不出的白

作为春天的先行者

我更习惯于向阳而生

指尖行走的表情

"不为物喜，不以己悲"

以一朵菊的姿态

年年清明，年年守望

第四辑

花间集

顺着他的影子
我抓住一朵飘落在小花上的云
时光，定格在这一刻

雨　城

当风雨来临时，我依旧不慌不忙
在城墙根下行走
让囤积已久的情绪在暴风雨中
瞬间，爆发
又像，一条
温柔的河流

报恩寺的诵经声
伴随着蝴蝶的轻笑
若有若无，悠悠而来
我是个没有信仰的人
但是我想，这一定是上帝的颂歌
它总是让人情不自禁地沦陷、顿悟
让脚步也跟着慢下来

雨越来越大
城内推杯换盏

我在城外独步徘徊

假如，有人在身后喊出我的乳名

我将会，以身相许

雨　夜

乌云在天上追着自己的影子
月亮躲在黑夜里越来越小
大地被一张报纸挤满了
废墟与光环
面对滂沱的黑夜
突然发现，我是多么喜欢飘荡
像那些空心的草籽

梦　蝶

时光，似乎还停留在春天
蝴蝶载歌载舞，歌唱人间太平
它不懂，世上有多少歧途与磨难

我喜欢站在低处，与自己的影子
相互博弈
只有在仰望天空时
才想起，已忘记飞翔

风，触摸昨夜新生的骨骼
和蝴蝶一样的心事

被忽略的声音

后来
压死骆驼的不仅有最后一根稻草
还有藏在稻草里人性的 "小"
高楼，寒士，不和谐的共处

阳光照在玻璃上
傲慢与偏见筑成的墙壁轰然倒塌
被忽略的声音，提着黄昏的利剑
向死而生

此时，需要一场大雪
来覆盖人间的白

阳光的暗角

北风从门缝往里挤
玻璃上弥合后又裂开的水珠
在昏暗的灯光下，循环

入冬。云朵在冰冷的天空中
幻化出无边的虚无
一粒蒲公英的种子
穿过季节的篱笆
落在谁家，并不重要

阳光的暗角，交出时光
交出喧嚷，甚至凋零

棉被店

他像弓一样的背
在雪白的棉花里弹奏着
子丑寅卯，幸福像他脸上的皱纹
一张一弛，随着旋律
给冬天御寒

芦苇荡

风吹芦苇荡，像樵夫担子里飘出的
一缕月光曲，落在故乡黑白色的琴键上
荒野，赠我虚空与诗句

多少年来
我无数次坐在田埂上
看着芦花飞扬
身披烟雨
潜伏在一片白色的山水中
假装归隐

孤独的人

在雨夜里，与风相携
与枝叶、草籽
与万物为邻
孤独的人

有蝼蚁的直觉
他因羞愧而低下头颅
他一身的疤痕
却闭口不谈人间生死
孤独的人

是一只出逃的蛐蛐儿
在黑夜里吹口哨
孤独的人

我的手

我的手
枯瘦如柴
结满像花瓣一样的茧

我的手
可以包揽缤纷
却抓不住细小的微光

我的手
一生反复只做一件事
让一朵含苞待放的玫瑰
谢了又开

我的手像弦一样
拨动着日子

节 日

春节，情人节，元宵节
每一个节日
很多花语扑面而来
我把每一朵花
都当成我的爱人

我经常用带着铁锈的剪刀
剪巴山夜雨
剪西窗烛火
剪春天的云朵

刀，有时
也剪我

窑 变

火，早已熄灭
当年出炉的陶土还活着
后来都成了大器，分别取名
瓶、罐、炉、鼎……

旧窑蜕变的过程
都有隐秘的变化
就像翻阅着二十四节气的老人
对着倒下去的烟囱长跪不起
他，需要一个刻着名字的碑

生活的碎片
是一块五彩拼图的陶罐
或零落，或腐烂
——如泥

观荷记

每一次去观荷
我总是绕开人群
在幽僻的小路上
一个人，聆听荷语

我爱每一朵荷花，绽放
向阳，背阴
都一样的寂寥，娉婷

大风吹过，骨子里的喧响
濯洗黄昏的云层
我也爱这悲喜掺杂的声音

我来过，在无人涉足的小路上
荷举落日
白色运动鞋上的泥巴
可以做证

化 石

一块石头，凹凸分明
体内有山，有草，有骨骼
砥砺的高冷，于岁月的长河中
永生

曾经的沧海在激流声中
归于沉寂
致使我，看到的真相
远比传说中的世界更永恒
至少，像水滴敲打磬石
高冷，孤绝，接受大海的抚摸

一块石头，和我身边的月光
一起倒映在水底，不停地
提高，海拔的地位

酕　醄*

借酒消愁，仿佛
进入第五度空间
喝酒，酒也高兴
打开的每一道筋骨
都充满了，血性的复活

而我不胜酒力
一小杯，就已爱恨交织
始终，没说出真话

清冽，疼痛的酒让人兴奋
也让很多人号啕大哭
仿佛喝掉了
人世的酸甜苦辣
穷困潦倒

---

* 　读作 máotáo。大醉的样子。

我想再被春风吹一次

黎明，我被窗外的叫卖声
唤醒
挂满了一窗的春风
循环轮转着人间词话

大片的梨白、桃红
来回切换，敲打着我饥饿的肋骨
有人走进，有人退出，有人
从此杳无音讯

截取一段有年轮的枯枝
画地为牢
为远方埋下伏笔

她像是大病初愈
在巨大的旷野中，在灯火阑珊处
等，春风再次吹过

野 簃

眼前一片蒹葭苍苍

稻黍、谷麻

忘记了奔走或高飞

清脆的竹音回荡在云海

采菊东篱的人说

允许我做一棵造化的翠竹

寂寞的时候看月亮写诗

累了就写自己

千万颗露珠都落在我身上

因为爱

习惯了，荣辱不惊
种花和下午茶

很多时候，我总是用多重身份
去绽放另一种精彩

多少风云才能安定
平稳内心起伏不定的波澜

想起我还有那么多的玫瑰需要派遣
内心的丘壑就被血抚平

为了谋生，我开始爱
经过的人群
因此，我宽恕了春天风暴

一朵飘落在小花上的云

远处，白色的浪花

拍打石壁

水声来回激荡着

像沙尘、像水草、像火

灌满我的身体

黄昏折射出的光

在脚下变红

他像一棵树

站在坚韧的风中

倾听，那些堆砌的词语

发生了坍塌

顺着他的影子

我抓住一朵飘落在小花上的云

时光，定格在这一刻

等一首诗来摇橹

没有船，没有桨
在太平湖边
我等一首诗来摇橹

等万顷碧波，开满荷花
等骨缝里长出一阕新词

等一张旧船票
把流水载回村庄

春天的主角

清亮的笑声惊醒云彩
你双手捧着星辰大海
童话般的世界，呈现
在孩子们的眼前
小小的人生，像一块调色板
七彩灿烂

少女与鹤

捧着神的旨意
歌颂回归
蛙声里长出几枚月亮
一枚在天上

在她居住的北方
有一只鹤来过
它们飞过的地方像下过一场雪
更像月光的一部分

她和它们发出一样的共鸣
在自己的国度里练习飞翔

拓荒者

在荒无人烟的茫茫大漠
修水库，建坝体
栽树，造林
开辟绿洲的人，才是
拓荒者

他们远离故土
一年又一年，一山又一山
用愚公移山的精神
信仰与执念开凿出，通向
未来的天路

刀　客

明知刀是伤人的
他，仍然坚持
秉承祖训
将每一根筋骨，都打造成钢

他说，他命里有土
适合打铁
从原始天尊，到将相王侯
经他打造的废铁，都能成大器

一截良木

一头扎进土里
一头捅向天空

做我的木马
托着少年的我
翻山越岭

做我人生的拐杖
一点，一点
叩响大地的心门

红绿灯口

最后几秒
我停下脚步
仰头看一下天空
假装思考

我仰头，其实也没去数星星
我在寻找，哪一颗
可以给我带来光明的证据
让我在黑夜里
辨清一些来路不明的风声

悬　浮

我捂紧嘴巴，担心
一松手
又会信口开河

我用仅有的力气，举起
和这个夏天有关的词语
地铁，隧道，河南
和那些悬浮于空中的湖泊

如果，万一
我也会成为悬浮地面的草芥
死亡是否已经太旧？

人间已没有眼泪
足以淹没皱纸上的尘埃

内在的秩序

这一天仿佛很多事情
都在预料之中
唯独风的去向不明

山的那一边
太阳被阴影挡住
世界仿佛是一片灰色

我们在各自的角落
谈论悲喜
在黑夜里，打捞月光

角　度

我站在一楼
你就站在我的头顶上
我到了二楼
你只能趴在我的背上
我上了三楼以上
你就被我踩在脚下
你一直没变，变化的
只是我看世界的角度

雨过山清

雨过山清，逝去的
纷纷，跌宕归来
我重复着你的名字

苍穹之下
一颗浩瀚潮湿的心
依旧游走
在人间，没有人看见
我，长满荆棘的齿

一沙之缘

由少到多。向四处蔓延
就是一场风暴

天涯。其实只是个谎言
是一个人，一生
无法穿越的海峡

一粒沙，捧在手心上
从此，在心中形成
思念的撒哈拉

麋鹿图

灰蓝的天空下，飘着雪花
两只失散的麋鹿相逢在白桦林
它们隔着栏栅，隔着星空
相互叙说黑夜的过程

大雪覆盖人间厚厚的灰尘
一群鸽子在对着大地诵经
人类不一定能听懂

空气纯净得手指触摸不到
所幸它们可以听见
对彼此的感知

石　风

时间久了，滴水穿石

我时常怀念石缝里

漏出的风声

像生活中的缩影

想起故乡空洞的田野

我便学会用时间的碎片

去补漏

层叠的风，正好穿过

一个中年人巴掌大的天空

觺　觺[*]

我时常，游离于烟火之外
为经卷中的万里路发愁
风驰而过的鸣笛声
让我收紧了体内的锋芒

几个被遗弃的词语
在路过的汉陵墓中升起
兴亡，盛衰，觺觺，云云
终究抵不过时间的流逝

隔着山河，我轻轻地触摸
那些正在移动，支离破碎的
旧时光

---

* 读作 yí yí。形容兽角锐利。

僭　越

隐形中生长出来的草芥
自由，散漫
但它们更擅长占据

当然，我对红玫瑰和白玫瑰
相互之间的争斗，也是宠爱有加
在变幻莫测的世界里
许我一世的安宁

一个人的内心辽阔，如草芥
与各种不同类型的植物和平相处
和它们一样爱人间
爱每一个落满风尘的角落
当春风吹过，各自归类

这是一片麦子的故乡

热气腾腾的金黄，在田畴间荡漾
偶尔有飞鸟、
蝴蝶飞过
它们小心翼翼，与我隔着一道田埂

持镰者，站在麦田中间
像一塑雕像
把根深深扎进泥土
夏风浩荡，成就了每一粒粮食

我像一株站立的北方麦子，锋芒毕露
内心柔软而坚实
在滚滚麦浪里，尽情畅享
这片田野，是我和麦子的共同故乡

化石帖

一块裸体的石头
被流水冲刷，凹凸分明
体内有山，有草，有骨骼
致使我，看到的真相
远比传说中的世界更永恒
至少像，水滴敲打磐石
来自远古的呻吟声

一块石头，和我身边的月光
一起倒映在水底，不停地
提高，海拔的地位

青铜杯

一滴月光坠入杯中
生动了历史的面孔，时空交织
盛满了一个朝代的兴衰存亡
反复循环着，是非，因果

一只粉饰太平的青铜杯
始终没有被假象腐蚀
斑驳陆离的影子
独饮，岁月静好

像远古走来的歌者
装满故事，也装满酒

无字天书

给我福泽
我就写你的辽阔
写日月，写星辰
写金、木、水、火、土
将我重重心事
人间的疾苦也写上

不写我的仇人
因为，我和他不共戴天

我是个感恩戴德的人
身体里每一根骨头
都有神赋予我的灵感与慈悲
写完这一首，天正好亮了

一粒成功的豆子

这是一粒涅槃的种子
金黄色的外套，包裹着豆子
破壳成蝶之心

尽管经历碾磨，煎炸，
发酵。层层褪尽的肉体
守着最后一道防线

从平民百姓家，到宴席上的乳酪
一颗洁白如玉的心，向人间
频频示爱

一粒成功的豆子，不惧
烟熏火燎

对　弈

一个人，有一个人的局。
很多次，我都是和自己的影子对弈
我和她比高矮，比胖瘦
然后相互依偎，再回到体内

紧贴着大地，无限的深情
看着我蹒跚独行

让生命在时空里发芽，开花，
抽丝，甚至作茧自缚
人生如棋。对此，深以为然

影 子

总有一些难以摆脱的影子
也经常让我无理由地厌倦
即使给自己披上漆黑的外套

很多时候，我在花草间
暗自窃喜，开到荼蘼
如夏花之绚烂

等太阳下山
我才能找回本真的自己
这样，黑夜
就有了安全感

蜀道者

暂且，放下江湖恩怨
与八百里秦川结交
残缺的身体里
装满了陨石破碎的声音

千百年了，总想着
挑战，最后一道关山
从春暖花开，到皑皑白雪

绝壁处，留下战栗的词语
如巴山夜雨，如滚滚长江
如暗渡的桃花

视线之外

该说的都说了
以后，闭口不谈视线之外的话题
宽容化解平庸

面对苍山，皓月，星子
我习惯仰望，获取
万丈瞩目的低头

对于视线之外的假象
还是听而不闻的好
我目光短浅，容不下太多的风

第五辑

太阳花

抚摸她透红小脸
像托起一朵开在海拔五千多米的太阳花
她转向天空的眼睛，清澈透明

梅　山

其实，我曾经来过
那时我还是花季少年
想家的时候就一个人
沿着山路，小溪
翻过梅山，一个又一个山头

沿途盛开的映山红
和空气中潺潺的流水声
每一次怀念，都是在春天

我们一起往高处走

我们一起往高处走
纷纷扰扰，嬉闹，喧哗
释放吧，这封闭已久的春天

路过每一条小溪流水
我都会停下来，弯腰
掬起一捧清澈的山泉

水清得可照镜子
照自己，也照妖怪

我看苍山如黛
苍山看我
依旧不识人间

出　口

说着，笑着
我尽量克制住自己
却还是忍不住高歌
我们快乐得像个山里人
抱着石头，沉落在日暮中

有人说——
山太陡，车太慢
我却风一样
迫使自己，在每一个狭小的山缝中
寻找下一个关口

石与河

我的一生都在与一条河交流
多少年了，瞬息万变的时光
我已没有了语言
我驻足在你的心底，探寻
你与这人间的秘密

我的每一块石头都长在你的体内
我与你 始终相守
在人间的路上
让我赤红的光，洒满你岁月的长河
直到石烂天荒

大别山之恋

来到这里，你就会爱上江湖
绿林、清风、闲鹤
大雾缭绕的万重山
听，谁在风中吟唱
——大别山的歌谣

我爱大山氧气中的负离子
说话不用戴口罩
也爱春寒料峭、风雨莫测的天气
古藤、枝蔓、石阶
小桥、流水、人家

世事喧嚣
我必须学会重新做人
做一回李太白或者陶渊明
自说自话，在杜鹃岭上写回忆录

在石缝中筑个巢

种上蒲公英、风铃草、菖蒲

让无家可归的种子长在我的屋檐下

我爱的人，赠他春风

爱我的人，请赠我明月

藏之西

在一幅画卷上悬挂
挥手之间，云从指缝倾斜下来
阳光反射在机翼上的雪山
鬓角
一丝碎发在空中飘

细数幸福和踏过的千山万水
人间底处，而我更像一粒沙
旅程，是我转世的密码

太阳花

她喊妈妈时
像布谷鸟，在念青唐古拉山下
低声歌唱
我母性的柔情，瞬间
像纳木错湖水，轻轻流淌

抚摸她透红小脸
像托起一朵开在海拔五千多米的太阳花
她转向天空的眼睛，清澈透明

孩子，请许我片刻
摆好梳具与画笔
在你头顶上，编个蝴蝶结

那根拉垭口的风

修行的人，对着天空静坐不语
经幡混合着那根拉垭口的风声
传递灵魂之外的一些碎片

一些石头般尖锐词语
离开躯体，在圣地里重生
苍茫与厚重并立

在高原上，我一不小心
成为石头的一部分
收紧体内肆虐的风声
把人间，用一碗水来端平

石头记

这里每一座山，都有生命的脉络

贯穿万山的江河之源

有血液，有心脏，有骨骼

云低矮得要命

人在高处，身体有了高原的体温

就会把自己想象成一块石头

让日月星辰在身体里流转

接引人间万象的光

一块有棱有角的石头

与风雨相互磨砺，摩擦

在海拔五千多米高处

转山，听风

骨子里长出云朵

碎了，也不喊痛

格桑梅朵

他安静打坐的样子，仿佛
黑夜是空的
一只流浪的藏犬，伸出坚强的爪尖
锋利的牙齿，发出风一样的嘶鸣
他想玛吉阿米的时候
无数的石头，筑起天空之城
高原的夜晚，可与抑郁的石头
谈一场生死之恋

拉萨之恋

远处的布达拉宫闪耀着
包罗万象的爱
时光的陷落让高原的夜空
愈发神秘，深远
转经的人一直在途中

我被吹拂的清风包裹
停留之际，我也想写一首情诗
给拉萨的情人

一路绽放的格桑花，像一串
镀金的藏文，烙在高原红的印迹里
"你见或不见"，我都写

我以一个过客虔诚和敬畏
抒写一场虚无而又浪漫的纯净之恋
将三生轮回的因果留存雪原高峰

命　题

这一次，花落在窗台上
我才打开日记
今夜，写的是一朵花的远方

扉页上的空白处
有云朵和风经过
日记里有雪山
高原红、青稞酒、八廓街
许多人逆光，朝着一个方向

一墙之隔，白玛家满院子的格桑花
对着我夹道欢迎
一枝，一朵，升向天空，呼之欲出
像极了，你当年离家时的模样
摊开的画簿上，任由一阵风
来命题

对一棵草的敬畏

花店里寄养着一群不开花的草
它们没有锋芒和棱角
如果不是脉络里浸透的露水
我从未把它当成一棵草

淡泊，致远，长势旺盛
让我找不到任何一个腾空的山石
比如人生，比如脚印，
比如死亡
很多年了
我对它依然保持敬畏之心

在一片沼泽里寻找清澈
坚韧的安详，在无垠的
岁月里静好

林芝的桃花，是我向往雪山的理由

林芝桃花开得最宁静
雪花一样的花朵，高冷，孤绝
像天空的信仰，五彩的经幡
漾动在心里的春天
被风吹开，一直开到雪山的尽头

沿着尼洋河边
我轻轻地摘下一枝
我想把它种在八公山下
用淮河的水来浇灌
让它摇曳生姿，让家乡的春天
盛开着高原的颜色

林芝的桃花
开得那么干净
层层叠叠，向神圣庄严的雪山低语
像雅鲁藏布江上的流水

成就高原之美

林芝的桃花
都是我向往雪山的理由

赞　歌

我的未来投奔了一根铁轨
我的祈祷与祝福装满了一列车
无论是歌唱，还是呻吟
都让我言不由衷

我喜欢聆听
沿途的山岭、荒丘
和我经过的每一片沙漠里开花的植物

初见西塘

初次相遇
就仿佛走进了前朝的一场雨
他在岸上种松竹、兰菊
她在船中养蚕
摇橹
雨水织她的蓝花裙子

我在桥上看流水
被一波波游客载走
还有绣了花的，
真丝连衣裙

桨声里听经

坐在船上
听阿娇唱苏州评弹
天涯呀，海角
梨花带雨
软软的依调，丝一般地

她说，想做西塘的一棵水草
给寂寞的身体穿上衣苔
卧在一块石头上
在桨声里听经

在西塘
一个迟钝的女子
也变得水一般灵动

江南雨巷

来自淮水之滨的姑娘在巷口

怯怯地张望

雨，淋湿了

她借来的绣花鞋

哦，书生

请允许，我行走如风

请允许，我说话声大

请允许，一个北方女子

在此稍作停留，将肩上的烟火卸下

西塘的夜晚

我曾多次，梦见西塘的桥
阿娇摇船的姿势，像一道光影
被风吹瘦
挂在桥身的弧线上

西塘的夜晚
月色横卧桥头
那只停歇在词语里的蝴蝶
泊在冷清的渡口

他仿佛在等——
失散在前朝的爱人

卷首语

他望着停留在塘边的黑喜鹊
柔软的眼神里充满了温暖的乡情
我以为那是他梦里飞过的一只爱情鸟

阳光，将那些凹凸不平的部分
折射出来，它小得不能再小
恰到好处，像一个小小的逗号

其实，他早已不再关心时间
与衰老的过程
他只关心一只小喜鹊的去处
它的巢在哪里

夕阳下，他漾在水里的影子
来回浮动，像一枚飞羽
落进故乡绿色的卷首语

霞光入泉，便见桃花荡漾

先说大泉村的山泉
治愈了我的过敏症
也洗净我脸上的残脂浮尘
缓解酷夏的浮躁

饮了那么多泉水的桃花姑娘
像晚霞中的蝴蝶
我和她们一样，想舞，想飞
挥一挥衣袖，从此，脱胎换骨

流动的山泉水
没有惊涛骇浪、一直绵延
握在手心，清肝，明目
轻轻地蠕动着生命的胎息

喝山泉水长大的姑娘

腹中，有万亩桃花

荡漾

空 间

隔着窗栏
阳光下，最耀眼的是红白相间的
画面
春风吹响着春天的故事
渲染着空旷街道
和微凉的空气

这是春暖花开的人间四月天
战火、空难、疫情
让我忘记，人世间
太多诗意的语言

我向每一位逆行的战士
举起右手
流水的落花，胭脂般的流过
东渑河，也流过我所有隔离的日子

没有一堵墙是透风的

我经常倚在窗前
望着窗外盛开的各种花树
开花和不结果的，我都喜欢
我的小心脏时常被一句情话
击中要害

抬头，飞鸟划过的天空
猝不及防地发出一些歇斯底里的呐喊
我按住心口的疼痛，做最后的抒情

我关注食物，关注前程
关注谣言与沉默

我反复地打探春天以外的消息
但是，没有一堵墙是透风的

所有相遇都是一粒种子

你转身离去时，天空
下着零星细雨
最大的那一粒，落在眼里
反复回荡着

所有的相遇都是一粒种子
在不同的季节，播种
破土而出，让醒来的文字
有了另一种生存的依赖

此刻，结满阳光的山楂树
长出新的枝蔓
整个夏天，它让迷失的雨水
有了下落

锁

空了的青花梅瓶
将昔日的清瘦与丰盈
用一段时光来封存

耳朵贴在门上
聆听，原路返回的风声

很多年不曾打开的铁锁
在锈迹斑驳中
吐出绿色的芯

赶　海

赶海的人踏着浪花
阳光将她的身影铺洒在沙滩上
海浪喧嚣，年轻的水手挥动着
他强健宽厚的肩膀

大鱼依旧在水中沉默
安心做它的鱼
一望无际的海岸，可以安抚
治愈，孤独症

我携故乡的桃花而来
把芬芳赠予彼岸
有风时，歌颂帆
涨潮时，随着海浪
涌动，搁浅

春，代我开花
冬，替我白头

渔 女

海浪，轻轻地卷起
脚下的沙滩
夕阳下
她笑着，弯腰
捧起每一簇浪花

她心里漂浮着很多色彩
满腹的心事
像浪涛澎湃的海

她用网一样的双手
解开生命的缆绳
做大海的女儿，辽阔是你的
模样，风暴也是

任海风吹

站在甲板上，任海风吹
心情澎湃如海浪汹涌
悲伤、欢喜，包括爱
一朵、一朵，擦肩而过
向天边释放

我有鱼一样的记忆
每一次心猿意马
都会失身于蔚蓝色的海滩

做一尾游弋的鱼，躲过人类编织的
一张情网
将誓言，安放在海底

珠海之夜

一半在天上
一半在水里
夜幕下的港珠澳大桥
像横在海上的七彩键盘
在浪涛中来回轻弹
《七子之歌》在夜空交替升起

恍惚中
有一盏灯让我悸动
有一条船，等我归航

涡河落日

涡河上，潮汐吞噬着羊群
蝴蝶的希冀里，七步诗
搁浅，流转

十八般武器
我最喜欢的是剑与戟
它总是戳疼一截骨头

黄昏的暗疾，许多年来
如一个久治不通的筋络
一针见血
却无法说出病变的流水声

运兵道内的机关，一道
又一道
为天下而设，也为自己
时间的刀口，直抵岁月的触角

恩怨是非任由后人说

涡河之上

谯城与落日合为一体

运兵道

从运兵道穿越过的凉风
在耳边回荡，最后的喧嚣
似号角吹响

我这个盗墓者
潜伏人间多年
在入口处，用目光窥视

脚下沾满的阴泥
这么多年了 依旧寒意袭人
断壁残垣之间
望不尽，一脉同源

春 耕

一声清脆的响声
把我从黑暗中托起
解冻了的田野
有嘚嘚的马蹄穿过油菜花

春风吹过
又将我的父亲灌醉

他扬起牛鞭
一连串熟悉的动作
将半生蹉跎，碾于足下

在路上

遇见一个地名，我就会住下
学着一滴露珠的样子
有江河的地方，就是远方

翻越十万大山
向着太阳的方向顶礼，膜拜
每一次邂逅，我就默念一个名字
西藏，西藏

我是一朵被大风吹散的格桑花
怀揣大漠雪山，修行的路上
不玷污雪域高原上，每一片
路过的云朵

祭煞包

煞包前，我小声地忏悔
原谅我的小脾气
原谅我
和你一样
有着一颗麻雀似的心脏

原谅我黑白不分
口是心非
经常睁着眼睛说瞎话

原谅我
散漫、不羁
愤世、嫉俗
一颗凌乱不堪的心

鹰之歌

经历了多少个朝代的风云
依然一种姿势占领天空
高处不胜寒？
再用低八度的飞翔
把它与人间的距离拉近

面对故国黑白分明的土地
我却不能如杜鹃一般啼血

飘动的经幡
托举着高原的风
及以梦为马的人生

风 情

我倚在一座桥栏上留影
身边大片山茶花与矮灌木低语
背景是夕阳，空山和结成冰凌的树枝
轻漾的部分，一幅油画流动起来
大地，仿佛在等一场雪燃烧

我努力地摆正自己
让灵魂与各种石头相互碰撞
成为它的一部分

除了收集阳光、雨露
将不动声色的风，也揽入怀中

逆　流

雨雪霏霏，即可
捕捉春天的生机
这些走不出山谷的石头
以青春的名义，生生不息
无声的歌唱
如泉水，一股一波，漫过骨缝
渗透大地的脉络

秋风翻阅堆积的黄叶
一层，一层，穿越喧嚣的静默
彼时，我想要抵达的
并非虚构的诗句

我听见掏空语言的河流
瘦了又瘦，在江南十二景里
凭空复活

复　述

最终绕不过的，还是
江南的石头
这些躲在大山深处的心事
高悬于头顶上的天空
我喜欢，看大红灯笼
悬挂的树影，在地面上
来回晃荡
一盏，一盏，相互告白
点亮黑夜里，虚拟的风

独　语

背靠青山，我懒坐于此
和石头谈天说地
周围的苔藓，和路边的磐石
将我包围

如何将这美好，构建
填补内心无限的空洞
漫天烟雨，如春天的符号
一步，一字，释放
孤独者的自语

越过竹海、山川、碧水长天
古道，残垣
暮色将一切淹没
仿佛，人生又回到起点

小城大爱

一缕阳光，穿越寒冬
叙述着人间烟火
大爱之心如萤火之光
照亮黑夜中的眼睛

像是一枝迎春的红梅
芬芳散落在风里
小小的举动
传递着平凡人之间的赤诚之心

春天，轻轻地从枝头落在地上
爱如春风拂面，摇曳生姿
于是，我读懂了人间大爱
却又淡然无言

你是我冬天邂逅的一朵花
如镜，如茶

绽放

在季节的交替中

让我阅尽四季轮回的春色

张家界

光，直泄千山
穿过冰川和云端
盘旋的山路上
影子被晕散，定格于悬崖

群山，绿水
纯净得像一本天书
在峰林中布下玄机
书写张家界的风景

妄　想

在大雾滂沱的清晨
妄想，悬崖勒马

向对面的每一座山
打探神仙的消息
染色的钟声
直抵天门山

蒲公英

如果说日子仅仅让我们成熟
那柳叶间就没有我们的笑声
野地上就没有狗尾巴草的欣喜
如果说我们围在一起是命中注定
那我们就只好紧紧抓住对方的手
我们就只有用同一种语言谈笑

可是兄弟，我们都是蒲公英的种子
世界很大，生活的海洋又深又冷
让清风送我们远行
一对对伞兵，一群群细小的乌鸦
排天而下

游采石矶

太白馆里一些异味
需要有浓度的酒精才能消除
我没有酒，只有借礜石上的来风
与您同饮一掬江水

何处长江头？
何处长江尾？
失忆，让很多人还患上了偏头痛
他们更像您的外一首
一生，也没能写出一首像样的诗

太白，我已流浪多日
脸上的残脂浮尘
又叠加了几重
哦，不过您老放心

朝觐之前，我已用江水洗涤过

夏虫低吟，茇草香甜
像我此刻，安净的
——心

彩云之南

在云南
我向安徽的亲人询问
故乡是否晴天
他说，你走之后
云，就去了南方

登 高

登到高处
遥望飞鸟的尽头
一个声音，敲打着
骨头里荡漾的水

被风追赶的茱萸
在角落里安然入睡
彻底放下与重阳的纠葛

远眺的人
挥动双臂，丈量着
他爱人间的深度

雨　季

这几天，都做着同样的事情
听蛙声，说梅雨
看滔滔浊浪，把万物举过头顶

夜，很静
我执意地打开天窗
迎接
哪怕是，一朵未晒干的云

忘情的暴雨，像是一场邂逅的爱情
一次次，将六月刷新
此时的我，悠闲的似个
手无寸金的女王
坐观，一朵荷
如何才能高挂在枝头之上

父亲常常教我未雨绸缪

而我，却像一棵被暗流裹挟的水草
奔腾不止，泥沙俱下
固执地幻想着，在水底
开出
绚烂的，花

丰之庄

绿色的层次，如梦般盘旋在河湾
他瘦骨嶙峋，月光下身影如诗
在田野上，为大地补充生命的源泉

五颜六色的庄稼，如诗篇从天际流淌
我置身其中，向每一粒稻谷致敬

在这个午后
我和它们一起挑起岁月的重担
成为大地母亲的一个孝子

在村史馆内，吟咏着田园的经典
稻谷如汉字，根植在泥土与砾石间
它们顶天立地，卑躬屈膝
那锐不可当的气势，拉近了城乡之间的距离

临淮河洼，我凝视每一棵生长的植物

它们似乎懂得生存的道理
在泥土中找寻生命的养分
却又高远于儿女情长的情感纠葛

刘备城之行

"张飞打个盹儿，刘备建个城"
或许张飞也为之后悔，曾经犯下的错
沿着乡间小埂一路缓行
夕阳下刘备城，风骨尚存

故事从一块石头开始
至一座墓收场
中间的部分被草根掩埋
挖掘、寻访、打造、布局

忽然感觉，在此生长的植物
都有着大将的风范
土城下的稻田，翻腾慈悲与感慨

民间的传说，像时光的雨
在淮河滩，故人已远去
旧地却成为我们心中的出发点

淮上明珠

时光的记忆，被河水洗刷过
一棵植物因一段历史，忘记枯竭
像一句不朽的诺言，被揉进泥土
犁田、灌溉、扬花、收割
丰收的果实在秋风中欢呼

古人也不会想到昔日的战场
在千年以后竟是如此多情
而勤劳的庄稼人，并不会唱空城计
也不善于用兵器

他们用实践告诉你
所有庄稼生长的速度
淮河与村庄平行的距离
梦想、未来、家长里短构成的版图
浓缩于一片蛙鸣中

在外河湾的苍凌城遗址
又闻到了童年的蒿草香
此时，我倘若不说爱
岂不成了没有血肉的灵魂

与每一朵花对视

宫白云 *

　　诗人许之格的人与诗既有干净纯粹的品质，又有生动的韵味。我初见她时便莫名地生出一种亲切感，大概真诚之人自带一种亲和力，让人由衷地生出欢喜之心。正如她的诗句"所有相遇都是一粒种子"，使人读来顿生感动。她的诗歌也如她的诗句"云起是仙境，云落是人间"，抬头是灵性的审美，低头是人间烟火，两种气息无缝对接，天然合一，个性的表达潜流着纤细的抒情，又给人以真善美的力量。她诗歌所用的意象并不繁复，却很擅于在一种事物里潜藏另一种事物，特别耐人寻味，就像"一天在影子里结束，一天即将在影子里来临"，将隐秘于日常生活现象下的浮泛形态表现得特别形象，特别富有哲理性。诗人应对语言具

＊　宫白云，辽宁丹东人。出版诗集《黑白纪》《晚安，尘世》《省略》；评论集《宫白云诗歌评论选》《归仓三卷》；《对话录》。获 2013《诗选刊》中国年度先锋诗歌奖；第四届中国当代诗歌奖（2015—2016）批评奖；第三届《山东诗人》（2017）杰出诗人奖；第二、四届长河文学奖学术著作奖；首届长淮诗歌奖年度杰出诗人奖等。

有敏锐的反应和创造力，才能赋予语言以新生命，而许之格仿佛天生就拥有那把语言的钥匙，所以她的诗歌才能给我们以灵性的感受与自然清新的气息。

艺术的终极是"美"的展现，诗歌也是，至于诗歌中的其他元素，譬如政治、历史、人文、宗教……都旨在丰富诗的思想性。所谓诗美的确立，无非就是一些语言、修辞、情感、情绪、思维、美学等在诗人大脑中的融汇与贯通，当它们融汇一起时，一首诗自然就呼之欲出。当这些诗积累成岁月时，一本诗集也自然水到渠成。许之格的诗集《花间集》就是如此的果实。许之格给自己的诗集取一个与我国第一部词总集《花间集》同样的名字，可见她对《花间集》的热爱程度。《花间集》是中国最早的文人词总集，历来被奉为倚声填词的鼻祖和典范，收录了唐文宗开成元年到后晋高祖天福五年一百年间十八位作家的五百首词作，共十卷，主要呈现出婉约、妩丽的风格特征。许之格的《花间集》毫无疑问继承了古典《花间集》的婉约风格，正如张孝祥的《念奴娇》里的词"怡然心会，妙处难与君说"。

许之格的职业是花店老板，一个"卖花姑娘"，一个成天与鲜花打交道的人，必定也一身的芬芳，她的诗歌更是浸染了花的灵性。当她从花的世界中抬起头来，进入诗性文化之中，她眼见的、心灵所感应的、精神所领受的广大的生活都是她诗歌所表达的对象，诸如杜尚、沃霍尔等人能够把寻常物嬗变为艺术品，是因为在他们的寻常物周围有一种"艺术氛围"，而许之格的"诗性氛围"就是她千姿百态的花。她没有像现实主义诗人那样去再现花的各种鲜艳与神态,而是透过自己花一样美好的心灵去观照和反思自己的生活。从这种意义上来说,她的诗歌完全突破了个体的边界,生活反而成了她诗歌的背景。她在这样的背景里流连忘返,写出自己对这个世界的观察和心灵对所有观察的反应。

许之格的《花间集》共分五辑,分别为"花戏楼""花外音""花之约""花间集""太阳花",每一辑都有个"花"字,从中不难发现"花"已成为承载她思想与情感的方式。她用生活之眼拓展了花的性质,生命的张力和戏剧性被注入了诗人的诗情之中。在"花"的气息催发下,她既写出了大自然的迷人景象,也写出了个体生命的迷惘与亲情、友情的真挚与宝贵。她洞悉的不仅仅是尘世的本相,也有世态人心,在物欲横流的世界,她纯粹美好心灵孕育的诗歌具有花香般的慰藉力。意味与清澈同在,自然中嗅闻小花朵一样的喜悦由诗句难以描述的音调传达出来,正是"落花转折无痕,看戏的人/却成了戏中人"。

一、花戏楼

许之格的《花间集》第一辑命名为"花戏楼",是取之她一首诗的名字。这一辑主要呈现的是人文风貌、故土人情等,如《徽州往事》《淮上古镇》《南有嘉木》《延福寺》《镇澜桥》《顺河古渡》等,在这些诗中,许之格注重的是心性情怀的体悟与寻绎这些风物所传达的人文精神，让自己的感受和心灵体验在诗情中升腾。就如她在《淮上古镇》中所云"时间形销骨立，暴露于天下 / 我用脚尖触摸往事，如一介布衣 / 闯入虚晃的灯火阑珊处"。她在《东津晓月》中"给每一朵待放的莲花起名 / 小红、小云、小霞、小燕子 / 月圆之时，一起返乡"；在《秋天的故乡》听"成群结队的白色的天鹅在阳光下尖叫"；在《延福寺》"沿着斑驳、幽闭的青石板路 / 我提前告退 / 唯恐菩萨看见我的不安"。在《花戏楼》里感叹"余音依旧绕梁 / 演戏和看戏的人都已不在 / 麻雀成了戏台上 / 最后的舞者"。她的这些诗所用意象都很小，但给人的感觉却很大，那种由衷的触动深嵌于心灵之中，久久不去，这就是诗歌给予人心的力量所在。

二、花外音

许之格的《花间集》第二辑命名为"花外音"，也是取之她一首诗的名字。与电影的"画外音"有异曲同工之妙。这一辑主要呈现的是友情与亲情，写给母亲的诗占了绝大部分，可见母爱在她心中的伟大与深挚。这些诗可以说洗尽了铅华，返璞归真，每首诗都以更纯粹真诚的情感击打人心。在写给离世的诗人游子雪松的几首诗中保持住了友情本真的意绪和深切的怀念之情，一字一句都踩在痛感的心腑。"门前的枣花开了一树 / 风里弥漫着香樟树的味道 / 读着您曾经写下的诗句"，"手里的鲜花 / 随我的悲伤低垂"（《一粒尘埃》）；"他迎风而立的样子／让我找到了人世间苍老的理由"（《矮下去的乡愁》）。这种以外物、外景的映照来抵达内心情感的写法像子弹打中了靶心，让人心为之一振。相信每个诗人都给自己的父母写过诗，各种各样的写法无一例外都是以真诚的情感触动人心。许之格写给父母的这些诗，虽然语调很平，用语也很轻，但表现出的情感分量却重似泰山，读了会让人心里颤抖。如写父亲的："父亲是一名老会计师／他算过一个村子里的贫穷与生死／为公，为平／却，从未算错过自己／清白的一生"（《旧账》）；写母亲的"她经常提及往事／偶尔还会流露少女般的羞涩／像开在床头的百合花／／记忆的钟声来回摆动／像娘微弱地呼吸在病房中荡漾／抖动的眼睑／仿佛被窗外晚霞点燃……／／星星睡了，娘也睡了／她睡着的样子／更像其中的一朵"（《母亲睡着的样子像一朵花》）。这样的语言好像不掺水的颜料，直接涂在画布上，那种颜色让人在它面前不由自主地沉溺。

三、花之约

许之格的《花间集》第三辑命名为"花之约"，也是取之她一首诗的名字。这一辑主要着力于向内的挖掘和抒发内心隐秘的情感，更注重于人生给她带来的感觉，有一种深切的"切肤感"和忧郁的色彩。譬如"我经常目睹每一朵花／从含苞待放到荼蘼败落／悄无声息／重复着人间的快乐与荒谬"（《拈花记》）；写内心情感的更有深邃的余韵和弦外之音，如"从南向北，你没有固定的地址／你路过的地方／到处是故知与鲜花／／而我无法寄出的信件／雪片一样，纷纷／留白"（《空白的地址》）；"我梦想生出海鸥的翅膀／传递八百里路云和月的内涵／让春天的梦／叩响漾动的脉搏"（《爱情邮局》）。马尔克斯在《我不是来演讲的》中说："诗歌是平凡生活中的神秘力量，可以烹煮食物，点燃爱火，任人幻想。"所以在许之格这里，"路过的黄昏和晨曦／都是翠绿色的"（《我路过的黄昏》）。

四、花间集

许之格的《花间集》第四辑命名为"花间集"，既是这本诗集之名也是她一首诗的名字，可见这一集应是这部诗集的重头戏。这一辑主要是诗人对自我和现实的思考与省察，她敏锐地捕捉狼奔豕突的现实，直面内心和现实之间犬牙交错的矛盾与困惑，呈现出内心的悲悯和对人世真相的认知，予人以深刻的反思，这些都能从她的诗作发现蛛丝马迹，如《被忽略的声音》《角度》《僭越》《对弈》《悬浮》《影子》《蜀道者》《视线之外》《内在的秩序》等。诗歌需要心灵的引领、心灵的锻造，更需要对现实的介入与深刻的思索，正因为如此，好的诗歌写作才充满艰辛。许之格在这条艰辛的路上完成了一次次历险，步步为营地把它们带到更深的地方，就如"一块石头，和我身边的月光／一起倒映在水底，

不停地 / 提高，海拔的地位"（《化石》）；"旧窑蜕变的过程 / 都有
隐秘的变化 / 就像翻阅着二十四节气的老人 / 对着倒下去的烟囱
长跪不起 / 他，需要一个刻着名字的碑"（《窑变》）。

五、太阳花

　　许之格的《花间集》第五辑命名为"太阳花"，可见其予人
以达观向上、美好明媚的企图。事实也正是如此，这一辑主要辑
录了她远游路上的所见、所闻与所思，很多诗渗透着生命情调的
体验与内心的喜悦，情景交融是这些诗主要的构成和表现，有自
然实在化生万物的直觉审美。在心灵景物化和景物心灵化的双向
契合中，主观的生命情调与客观的自然景物交融互渗，使其收
获极致的生命体验与人生境界。"遇见一个地名，我就会住下 /
学着一滴露珠的样子 / 有江河的地方，就是远方"（《在路上》）；
"她转向天空的眼睛，清澈透明 / 含着佛珠 // 孩子，请许我片
刻 / 摆好梳具与画笔 / 在你头顶上，编个蝴蝶结"（《太阳花》）；"在
高原上，我一不小心 / 成为石头的一部分"（《那根拉垭口的风》）。
在这一辑中，许之格以审美妙悟为其体验方式，以人格理想与文
化追求为其动力，在万物与生命中合成一个交织着自然与人性的
美好世界。

2023 年 11 月 5 日于辽宁丹东

后　记

　　继 2019 年《四叶草的幸福》之后，我的第二本诗集《花间集》即将付梓，我的内心依旧是百感交集。朋友们都称我为"鲜花诗人"。我也希望在自己的每一首诗里都能感知花开的呓语，聆听岁月的跫音。

　　坐在花丛中写诗，是一件很幸福美好的事，修剪花枝，就像一个人的内心，删繁就简，留下来的，就像是一个人的仙风道骨，从容安然。

　　从来没觉得自己是一个诗人，充其量也就是一个诗歌爱好者。既然爱好，就应该敞开心扉，肆无忌惮地爱着生活中每一个充满着诗意的空间。

　　或许是因为和植物打交道，我才有着像植物一样可以洞察秋毫的诗眼。在极其简单的环境中，更善于观察生活中的真、善、美。鲁迅先生在《看书琐记》中写道："诗人要作诗，就如植物要开花，因为它非开不可的缘故。如果你摘去吃了，即使中了毒，也没有关系。"如果时光倒流，我想，我仍然会爱上诗歌。

　　人有冲天之志，非运不可自通。前行的路上，总会得到很多人的帮助与扶持，从地方文联到省文联都给予我很多的鼓励与支持，也感谢我的老师及全国各地的诗友，他们对我的创作帮助非常之大，这些都是我成长过程中不可或缺的部分，他们的鼓励与支持让我更加自信，更加痴迷于诗歌。尽管生活中有许多的坎坷与不如意，我总是积极向上，在物欲横流的社会，依然保持一份纯真。如果我的诗歌能够滋养慰藉读者们的心灵，这对我也是莫大鼓励。

我喜欢旅游，喜欢大自然，因为大自然比人群更容易接近。在旅游的过程中可以摆脱一个狭隘的自己。旅游，可以放飞自我，愉悦心智，让心灵干净纯粹。山川湖海，天地与爱，且忘且行，至于到哪一站，不用仔细盘算。

《花间集》是我写诗路上的心灵史。尽管语言粗劣，或者诗意浅显，但也是内心的外化，灵魂的自白。

"人生是一种修行，写诗亦是。"慈悲和善念，是一盏心灯。坚持诗歌创作，把内心修成一方净土，不卷入是非流俗。宁愿做一棵植物，历经无数风雨，依旧向阳而生，做勇敢坚强的自己，把鲜花开满生命的树冠！

最后，衷心地感谢《星星》诗刊的主编龚学敏老师在百忙之中为我的诗集写序，感谢老师给我的支持和肯定。何其有幸，岁月并进，写诗的路上，感恩所有的关怀与遇见，收存每一份快乐与温暖！

之格 2023 年 10 月 6 日于寿州